AF452324

NOTICE

SUR

DEUX

Tapisseries des Gobelins

DU TEMPS DE LOUIS XV

Dont la vente aura lieu, à Paris

HOTEL DROUOT, SALLE N° 6
LE VENDREDI 13 MAI 1904

A QUATRE HEURES

COMMISSAIRE-PRISEUR

Mᵉ PAUL CHEVALLIER

10, rue de la Grange-Batelière

EXPERTS

MM. MANNHEIM

7, rue Saint-Georges

EXPOSITIONS

Le Jeudi 12 Mai 1904, de 1 heure et demie à 5 heures et demie
Et le Vendredi 13 Mai 1904 (Jour de la Vente) de 1 h. 1/2 à 4 heures

CONDITIONS DE LA VENTE

Elle sera faite au comptant.

Les acquéreurs paieront *dix pour cent* en sus des prix d'adjudication.

L'exposition mettant le public à même de se rendre compte de l'état et de la nature des objets, il ne sera admis aucune réclamation une fois l'adjudication prononcée.

Paris. — Imprimerie de l'Art. E. Moreau et Cⁱᵉ, 41, rue de la Victoire.

DÉSIGNATION

1 — Tapisserie des Gobelins, du temps de Louis XV, de
la suite de l'Histoire de Don Quichotte, d'après *Charles
Coypel* : le Repas de Sancho dans l'île de Barataria.

Fond blanc enrichi de fleurs et vases, avec paon à
la partie supérieure et cartouche à sujet guerrier en
bas, bordure simulant un cadre doré, rehaussé de bleu.
Atelier d'*Audran*. Signée.

Haut., 3 m. 40 cent.; larg., 2 m. 90 cent.

2 — Tapisserie des Gobelins du temps de Louis XV de la
même suite que la précédente : Don Quichotte fait
demander par Sancho à la Duchesse la permission de
la voir. Atelier d'*Audran*. Signée.

Haut., 3 m. 40 cent.; larg., 1 m. 50 cent.

N.º 2